전태일은 살아 있다

동인시 **11**

전태일은 살아 있다

인쇄 · 2020년 12월 10일 | 발행 · 2020년 12월 17일

엮은이 · 백무산, 맹문재
펴낸이 · 한봉숙
펴낸곳 · 푸른사상사

주간 · 맹문재 | 편집 · 지순이 | 교정 · 김수란
등록 · 1999년 7월 8일 제2-2876호
주소 · 경기도 파주시 회동길 337-16(서패동 470-6)
대표전화 · 031) 955-9111(2) | 팩시밀리 · 031) 955-9114
이메일 · prun21c@hanmail.net
홈페이지 · http://www.prun21c.com

ⓒ 백무산 · 맹문재, 2020

ISBN 979-11-308-1743-9   03810

값 10,000원

전태일 열사 50주기 기념 시집

전태일은 살아 있다

백무산 · 맹문재 엮음

1.

평화시장 뒷골목
머리띠
불굴렁쇠
야근
비가(悲歌)
고단한 삶과 죽음
최저임금……

전태일 거리
전태일 평전
전태일 흉상
전태일 기억……

2.

젊은 문장
아름다운 예수
별 노동자
영원한 횃불……

3.

전태일 열사 타계 50주기를 맞이하여
마흔다섯 명의 시인이 부른 노래여

공허하지 마라
부끄럽지 않은 손을 잡아라

2020년 11월 13일
엮은이들

| 차례 |

■ 책머리에 4

제1부

제2부

| 차례 |

제3부

제4부

제1부

희망으로 와요

강성남

그날, 옆자리에 앉았던 남자가 하던 말
장대 끝에 매달린 오징어처럼 나부낀다
─거기 있지 말고 희망으로 와요!

아, 그 말을 얼마나 하찮게 여겼던가
얼마나 가볍게 흘렸던가, 그가 일러준
희망을 무시하고 절망과 짝이 되어 살았던가

잘못 누른 건반처럼
약자라는 이유로, 설움이 나를 엎지를 때면
참을 수 없는 분노에 진저리쳐야 했다

동대문 평화시장에서, 용산 4구역 농성장 망루에서
시청 앞 광장에서, 차별 없는 세상
자유와 인권 수호를 위해 저항하다가
폭압의 물대포에 쓰러진 나무들

역사(歷史) 광장 한가운데, 우뚝 서서
횃불로 어둠을 밝히는 스물두 살 청년 전태일
광장을 가로질러 온 나비 한 마리

내 손등에 와 앉는다

아직 늦지 않았다, 주소가 어디 있더라?

안개 걷힌 새벽 전철 승강장
젖은 머리카락 바람결에 털며
출근 열차에 몸을 싣는다

공허하게 들려온다

공광규

노동조합 위원장이 임기 끝내고
짐을 싸서 이사할 때
전태일 열사 사진이 들어 있는 액자를
쓰레기 더미에서 본 적이 있다

쓰레기 대부분이
조합비로 산 국회의원들 책자들이었지만
그가 집무실 구석에 처박아놓았던
먼지가 앉은 노동조합 강령도 있었다

그가 소중히 챙겨 간 물건은 무엇일까
사용자에게서 받은 선물일까
외국에서 사 온 물건일까
가족사진일까

금배지를 달 가망이 없으니까
전태일도 노동조합 강령도 폐기처분하는 것일까
그가 외치던 단결투쟁 파업투쟁이
공허하게 들려온다

맨드라미

권미강

수탉이 볏을 치켜세우듯
1억 4,960만 km에서 날아온 햇살 아래
한 치도 밀리지 않고 세상을 응시하는 맨드라미
촘촘히 박힌 잔꽃들이 몸과 몸을 밀착하고
하나로 피는 붉은 꽃
1970년 11월 13일 청계천 평화시장
빽빽한 작업장 각혈하며 만든 옷
한 벌 값도 안 되는 한 달 노동 값에 짓눌리는
어린 여공들 단단한 하나가 되라고
식물 근로기준법 태우고
수탉이 홰를 치듯
우렁차게 아침 부르듯
노동세상 울담에 핀 수천수만 송이 맨드라미

젊은 문장

권서각

세상에는
혼자만 잘 살려는 사람이 있고
함께 더불어 살려는 사람이 있다

세상에는
목숨이 가장 소중하다는 이도 있고
목숨보다 귀한 것이 있다는 이도 있다

세상에는
죽어 영영 사라지는 사람이 있고
죽어도 죽지 않는 사람이 있다

스물둘에 스스로 생을 마감한 청년이 있었다
나보다 삼 년 형이니까
내가 열아홉 때였다

나는 살아서 노인이 되었지만
형은 죽어도 죽지 않고

타워크레인에서, 고공에서
이 땅의 노동자의 가슴에서

늙은 시인의 시행에서

근로기준법을 준수하라는

시퍼렇게 젊은 문장으로 살아 있다

태일이 형에게 가보자

권위상

강제 무급 휴가가 근로기준법 위반인지 우리는 잘 모른
다 우리는 일을 하고 싶다 비가 오려나 시커먼 구름이 파
업 노동자처럼 몰려온다 적자 연속인 회사가 안타깝지만
우리는 더 절박하다 전화를 받았지만 잘못 걸려온 전화다
아직 연락이 없는 걸 보니 오늘도 공치는가 보다 아내가
다려놓고 간 작업복에 손이 벨 것 같다 이럴 줄 알았다 갑
자기 쏟아지는 소나기가 농성장에 투척된 돌멩이 같다

마음먹고 오른 산 정상에 신문지를 깔고 막걸리를 나눈
다 앞으로 어떻게 무엇을 먹고 살아갈 것인가 결국 동료 중
하나가 눈물을 보인다 김치 국물이 떨어진 자리에 4차 산업
의 혁명 활자가 핏빛으로 적셔진다 먼 곳에서 말이 달린다
부지런히 달린다 착한 자본도 있겠지 여기를 뜰까 저 말을
따라가면 무엇이 있을까 그러는 사이 말은 보이지 않는다

누군가 제안한다 태일이 형에게 가보자 죽음으로 불편
부당을 알린 태일이 형 모두 엉덩이를 털고 일어난다 법은
돌멩이보다 무겁고 휴가는 절벽이란 말이 귀에 맴돈다 태
일이 형은 빙그레 웃기만 한다 웃지만 말고 뭐라고 한마디
해주시오 그래도 웃기만 하는 태일이 형 방금 해를 가린
구름에서 번개가 번쩍거린다 차갑게 식은 태일이 형의 심
장은 우리가 데워주기로 했다 태일이 형이 기침을 한다

그의 이름

권지영

먼저 간 이름은 누구인가
뜨거운 조명 아래
먼지를 쌓으며
숨을 참는 자

어둠이 내리는 평화시장
간판마다 매단
어린 청춘의 호흡들
공중에서 대롱거린다

시곗바늘 소리
밤새
두꺼운 먼지 옷을 입고
꽉 막힌 환기통에 폐를 누빌 때

아무도 모르는 사이
혼자 져버리는 시든 꽃이 되어

너는 밤을 뛰어넘는
별이 되고
나는 말도 안 되는

주문을 외나니

멈추지 말라
소리 없이 잠들지 말라
너의 이름을
폐허 속에 파묻지 말라

나는
다시 타오르는 불꽃이 되리니
다시 피어나는 꽃이 되리니

내가 만일

김미선

내가 만일 참한 소녀라면 청옥고등공민학교 혜옥이마냥 낮에는 일을 하고 밤에는 학교에서 1, 2등을 다투면서도 오빠한테는 언제나 솔깃하니 귀 기울이는 여학생이 될 거여요.

오빠가 체육대회에서 새빨간 얼굴로 김 풀풀 날리며 달려올 때 나는 손바닥이 터지도록 박수갈채를 보내는 예쁜 여친이 될래요.

엄마 찾아 우는 동생을 업고 오빠가 서울로 올라올 때 내가 동생을 업고 오빠의 가냘픈 어깨를 잠시라도 쉬게 해 줄 것을.

어린 여공들에게 풀빵을 사주고 홀로 세 시간 바람길을 걸어갈 때 나는 오동통한 아가씨가 되어 함께 걸을래요.

내 털목도리 오빠 목에 감아주고 내 손은 오빠 주머니에 들어가 따스하게 맞잡고요.

"내일이 존재한다는 것이 얼마나 즐거운 일인가."

국졸도 못한 15세 소년의 말이라니

오빠는 어찌해서 막힘없는 천지의 마음을 가졌나요.

나밖에 모르는 나도 오빠를 만나 그 마음을 받았다면 나는 매일 따뜻한 밥상을 차리고 오빠를 닮아 단단하면서도 말랑말랑한 아들딸 낳아 오빠의 내일을 만들었을 거여요.

오빠는 하루하루를 빛나는 글로 옮겼겠죠.

그러나 내가 만약 귀신이라면 절대로 용서하지 않을 거예요.
오빠는 근로기준법을 복음처럼 받아 안고 하루 16시간 미싱을 돌리는 여공들에게 전하려 노동청으로, 노동감독관과 대통령에까지 뜨거운 진정서를 넣었건만 결코 거들떠보지 않던 그들. 나는 그들 머리맡에다 밤마다 먼지 뭉텅이와 객혈을 쏟아부을 거예요.

배가 고프다…….
불에 익은 오빠가 응급실에서 마지막으로 하던 말.
아, 오빠
우리가 풀빵 사 들고 갈게요.
오빠가 차비 털어 사주던 가난한 풀빵, 생명의 풀빵, 나비 되어 날아서 오네요.
이생에 다 굴리지 못한 근로기준법, 이후 세계까지 굴리실 때 우리 모두 같이 굴려요.
제가 오빠 가장 가까운 곁에서 굴릴래요.
태일이 오빠.

그날, 밤의 기억법

김요아킴

단전이 예고되었던 그날
모든 집들의 창엔 밤이 찾아왔다

당연히 어둠이 방 안을 메우고
켜켜이 쌓여만 갔다

무엇을 해야 할지 몰라, 서둘러
눈을 붙이려는 사람들

침묵은 이미 거미줄처럼
방바닥으로 타고 내려앉았다

길들여지는 시간 속으로
아른거리는 벽지의 무늬

물방울과 꽃잎의 환영이
머리맡으로 교차했다

익숙함은 이내, 촘촘한
밀도로 생을 움켜쥐었다

'아닐세! 라는 용기는
가장 훌륭한 살해자'

무명을 거부한 1970년 11월 13일

비로소 방 안의 촛불이
검은 습도를 한입씩 베어 물었다

벽면의 진실을 밝혀줄
그날이 떠올랐다

* 인용된 부분은 전태일과 니체의 말 중에 따옴.

너희들은 꽃단풍으로 살라 하였으나

평화시장 내가 떠난 그곳으로 들어와
시다가 된 14살 완희는
태백 탄광에서 시퍼렇게 져버렸고
그게 마지막이길 두 손 모았으나
이 길에는 왜 끝이 보이지 않는지
마트 계산대 반도체 공장에서
12시간 16시간
잔업으로 쓰러지거나
병들어 서서히 죽어가거나
무너진 비계 더미에 깔리거나
지하철 스크린도어에 끼이거나
시멘트 회사 발전소
끼인 컨베이어 벨트에 또 끼여
마지막 말 한 마디 남기지 못한 채
져버린 내 누이여 아우여
너희들만은 어두운 곳
환하게 밝히는 구절초처럼
산허리 붉게 물들이는
꽃단풍으로 살라 하였으나
지구를 몇 바퀴 돌고도
멈추지 못하는 배달 라이더들처럼

반세기를 돌고 돌아

22살 그날 그 자리

오늘 나는 불길 속으로 던졌던

근로기준법을 꺼내 다시 펼쳐든다

저 먼 곳 꽃단풍이 걸어온다

* 성완희 열사(1959~1988)는 강원탄광에서 근무하던 중 "부당해고
철회하고 어용노조 물러가라! 광산쟁이도 인간이다, 인간답게 살아
보자!" 외치며 분신을 한 뒤 10일째 되는 아침, 먼 길 떠나셨다.

야근일지

김윤환

서럽기로 따지자면
배고픔 이상은 없것재
허지만 말이여 요건 형제조차도 멀어지는 서러움이여
뉘 딱 부러지게 잘난 놈 있어
오밤중에 별 보고 나발 불지 몰라도
처먹기도 바쁘게 살아온 우리는
이 밥풀이 더 서러운 것이여
달이라도 창가에 걸릴 때면
무슨 속이 그리 뒤숭숭한지
그나마 콩나물도 넘어가들 않어
늘 떠나 있던 자리에 태엽처럼 되감겨 와
까짓 이런 정부미쯤이야 몇 분이면 해치우겠지만
이런 밥 이런 어둠 이런 설움이
우리를 우리로부터 더 멀게 하는지도 몰러
그렁께 마음은 고향 아랫목에 있고
껍데기만 갈잎처럼 떠도는 게 아니것어
모를 일이 아닐 것이여
내가 이렇듯 오밤중에 콩나물 배를 채워야
참말로 배가 부를 일인지
그려, 배부를 일이 아니라면
이 서러움만은 야식처럼 소화되어선

안 될 일이여
함께 일어나 돌아보면
밥은 우리 몫으로 따로 있을 것이니
그냥 먹지 않을 일이여

어머니의 비가(悲歌)

김이하

그 자리 울고만 있을 어머니는 없다
아들이 죽었는데, 하늘이 무너졌는데
세상의 외진 벽에 기대 어깨 들먹이며
가만있을 어머니는 없다

전태일, 스무 살 용솟음치던 의기(義氣)
어둑한 공장 한구석 재단실에서 숫돌에 벼린 재단 칼 쥐고
언뜻 보았던 푸른 하늘을 재단하려 했던 청년
창을 열어 만인에게 그 하늘 나눠주려 했던
애젊은 아들의 못다 한 외침을 두 손으로 틀어막고
가슴 치고 물러설 어머니는 없다

살기 위해 일하는 사람에게
죽음 같은 노동을 짐 지운 저것들
저 흉악한 무리 앞에 무릎을 꿇을 어머니는
없다, 1970년 11월 13일 전태일이 몸을 살라 죽으며 살린 '근로기준법'을
아들 대신 껴안고 분연히 일어나 세상을 앞장서 나간 그 어머니
이 땅의 아들딸을 살리고, 노동을 살리고, 생명을 살리고, 민중을 살리고, 민주화의 횃불이 되어

불의와 부정과 부패와 악의 씨와 씨름했다

그냥, 울고만 있을 어머니는 없다
뼈를 녹이는 용광로 밖의 어머니, 크레인 밑의 어머니,
발전소 밖의 어머니, 안전하지 않은 공장 밖의 어머니, 그
리고 먼 이역(異域)에서 자식을 기다리는 어머니들
돌아보면 수많은 민중 참사에서 울부짖던 어머니와 아내
일제의 위안부, 여순과 4·3, 용산 참사, 세월호, 밀양과
소성리, 삼평리, 용균이 어머니, 중원이 아내……
그들에겐 변두리 힘없는 사람들이 자식이며, 불의에 쓰
러진 역사가 자식이며, 총알에 유린당한 아픔이 자식이며,
외세에 짓밟힌 수치가 자식이며, 의지가지없는 이웃이 자
식이며, 길에 서성이는 눈물이 자식이며, 지렁이처럼 꿈틀
대는 모든 것이 자식이며
그래서 아린 모성으로 지켜야 할 생명이며

그러나 사그라들지 않는 악의 꽃
시대의 한 귀퉁이 뿌리박고 있는 악의 씨를 말리리라
그 다짐만으로도 힘이 불끈 솟았던
스스로 아들의 짐을 짊어진 어머니
그러나 아무것도 이루어지지 않은 오늘

전태일의 바람이, 어머니들의 투쟁이, 민중의 함성이 살아 있는 지금
지렁이처럼 맨바닥을 기는 노동자의 한탄
율법을 희롱하는 바리사이*의 울타리를 넘을 수는 없는가

* 유대교 분파.

제2부

고3 학생들과 『전태일 평전』을 읽고

김정원

마음껏 먹고 노래하고 춤춰라.

자주 하늘을 쳐다보라.

벗들과 함께 먹고 노래하고 춤추고 하늘을 쳐다보다 눈이 부시면, 문학, 역사, 철학을 공부하고 노동법을 익혀라.

이건희 아들이 아닌 너희들은 졸업하면 모두 바로 노동자가 된다.

노동자를 자랑스럽게 생각하라.

노동자의 노동이 사람을 사람답게 살게 하고 지구를 돌리는 힘이다.

모든 노동이 신성하지는 않지만, 노동자에게는 노동이 밥이고 가족이고 목숨이고 하늘이다.

몸은 노동자이면서 의식은 부르주아를 추종하는 자는, 자기 자신과 동료를 배신하는 수치다.

너, 나, 우리는 어머니의 자궁을 빠져나온 순간부터 노동자들, 이념이 아니라 계급투쟁의 한겨울 들판에 서 있다.

자본주의에서는 피할 수 없는 빙판이다.

한탄하지 말고 즐기면서, 미끄러질 때마다 미끄러진 얼음을 짚고 일어나 자본주의의 모순과 자본가의 불편부당에 노동법으로 대응하고 투쟁하라.

전태일 열사가 걸은 길을 따라 스스로 노동법을 배우고

온몸으로 투쟁하지 않고는 아무것도 얻을 수 없다.

끈질기게 싸우고 얻으려면 건강에 유의하고 논리로 무장하라.

청년 동지들아, 잊지 말자. 계급투쟁에 단결하고 연대하는 저력이, 사람을 사랑하는 인문학에서 나온다는 것을!

손을 잡다

김종숙

그에게는 따스한 이름이 있다

이타심의 덩이,

저 다락방 어린 동심들이 상하게 그냥 둘 수 없어 채석장 난 벽을 향해 물었다

14시간 16시간 일해야 수출의 금자탑을 쌓는다, 3일씩 4일씩 타이밍을 삼키면 노루발 밑에 든 손가락에 구멍이 뚫려도 미싱은 돌아가고, 졸음과 피로를 쫓아 정맥에 각성제를 주사하고 다니는 책임자의 사냥에서 벗어나면, 하루 90원이나 100원을 손에 쥐는 어린 시다들

쪽가위나 재봉틀 번호로 불려지는 저 착한 동심이 더 상하기 전에 세상에 알려야 했다

어머니, 근로자의 기본적 생활을 보장 향상시킴을 목적으로 하는 권리가 여기 빼곡히 적혀 있습니다

저는 수장고에 갇힌 근로기준법을 세상 밖으로 가지고 나올 테니, 어머니는 근로기준법을 사수하십시오

저를 대신해 작업장 저 어린 누이와 아우들을 구하시겠다고 약속해주십시오

30년을 노동자로 살아왔으나 그가 내 손을 잡고 있다는

사실을 몰랐다

늦은 오월 그의 손을 잡는다
따숩다

아름다운 예수

그의 등 뒤에서
부르는 소리가 들립니다
햇볕이 따뜻하게 따라옵니다
청계천 가난한 사람들이 사는 곳에도
봄은 오고 계절에 따라서 빛납니다
여전히 노동자들은 살기 힘들고
비정규직은 더욱 배가 고프고 눈물 납니다
판자촌 둑길에도 민들레가 피고
제비꽃이 길 따라 핍니다
연탄재 수북이 쌓인 처마 밑 낮은 굴뚝에서
아침밥 짓는 연기가 피어오릅니다
십자가들은 온통 하늘을 향해 춤을 춥니다
눈물이 뚝 뚜 둑 소리를 내더니
하늘이 울고 크게 소리를 내는데
아이들은 불꽃이 달리는 것을 봅니다
무슨 소리인지 알 수 없지만
나는 기계가 아니고 사람이다
노동삼권 보장하라
그렇게 외치다 검붉게 타오릅니다
예수 전태일입니다

최저임금

열사 서거 50주기
아직 이 땅의 노동 현실
겨울이다
노동은 생존이 아니라
생활을 담아야 한다는 소망
메아리 산에 살고 있다
주40시간 법
고무줄처럼 늘어지고
시급 몇십 원 올리는 일
경제 근간을 흔드는 반역이라고
목소리를 높이는 인사들
우리 이웃이다
노동은 땀의 대가를 담아야 한다고
말하고 싶은데
50년 전 불살라진 법전에서
아직 나오지 못하고 있다
얼마나 많은 피를 보아야
노동자도 사람이라고 말할 수 있을까
알바 천국이니, 비정규직이니 하는 말
일상의 풍경이다
생활을 품고 싶은데

최저의 단어도 풀지 못한 노동법
노동에 대한 사고가 천박한데
전태일 열사
어찌 눈감을 수 있을까

잠들지 않는 당신을 위해

— 전태일 열사 50주기에 부쳐

박관서

눈물을 흘리지 않겠다 아침이면 자리를 털고 일어나 활기찬 노래를 부르며 문을 열어젖히고 걸어 나가겠다

그대가 사랑했던 어린 여공의 심장으로 오늘 하루를 내 생의 가장 빛나는 날로 받아 안고 햇살 내음을 풍기며 나아가겠다

그렇듯이 몸을 살라 친구가 된 그대를 잊지 않겠다 한없이 작은 내게 그대가 그랬듯이 힘에 겨워하는 사람들을 사랑하겠다

앞발 뒷발 번갈아 짚으며 나아가 가로막는 땅과 내려앉은 하늘을 건너 나약한 내가 나약한 너에게 선물이 되어야겠다

그리하여 기뻐하지 않겠다 함부로 그대를 떠올리며 깊이 아로새기며 뜨거운 하루를 서늘한 영원으로 살아가겠다

법과 편

박설희

어린 내가 배운 거라고는
하루 열다섯 시간씩 일하면서 졸지 않는 법
높이 1.5미터 다락방에서 허리 꺾고 일하는 법
연정도 사치, 한창 피어나는 사랑을 꺾어버리는 법

시다에서 미싱사로, 그토록 바라던 재단사까지 되었지만
오늘도 예나 다름없이 이불 속은 차갑구나*
법(法)이란 물이 흘러가듯 자연스럽고 당연해야 하는 것
마땅히 지켜져야 하는 것

나는 감정에는 약한 편
불쌍한 사람만 보아도 내내 우울한 편
그런 환경을 속속들이 알고 있는 편
온몸으로 느끼고 생각하고 행동하는 편

친구여, 이런 법은 어떤가
사람답게 사는 법
노동하며
사랑하며 실천하는 법

밑지는 생명을 연장하려고 애쓰는** 사람들 편이 되어
뜨겁게 맥박 치는
또 다른 나들과 힘찬 물살로 흐르는

* 전태일, 1967년 2월 27일 일기
** 전태일의 수기 중

고단한 삶과 죽음의 기억

박원희

맑은 날 사는 풍경이 푸른 하늘의 살얼음 같다. 만날을 지우며 살아도 살아 오르는 꿈 하나 살얼음판을 디뎌도 빠지지 않으려는 꿈. 유서를 쓰면서도 제발 부탁하느니 죽지 말게 해달라는 현실 앞에서 죽음이란 한낱 삶의 방식이었음을 아는가? 나는 허리춤에 길게 늘인 칼을 차고 휘영청 밝은 달에 놀다 가느니. 어쩌랴 현실이 된 삶은 죽음이고, 죽음에서 되살아난 삶은 영원한 기억인 것을, 들판의 푸른 꿈을 혁명이라 쓰고, 사랑을 접고 불붙어 활활 타오르던 영혼이 묻는다. 평화시장에 평화는 사랑을 접고 밤샘 노동 속에서 평화는 왔는가? 삶이 죽어, 죽은 삶이 이야기하는 현재를 말한다. 전태일 죽지 않고 살아서 지금도 외치느니

"근로기준법을 준수하라."

"사람은 기계가 아니다."

우리는 기계였다

우리는 기계였다

교복 입은 친구들이 부러웠다
나의 꿈도 14시간씩
밤새 미싱처럼 돌아간다
입과 귀에서 옷감이 쏟아져 나왔다

청계천에선 햇볕도 사치였다
내 청춘에 해를 시침질하면
일기장에도 흐린 해가 떴다

녹슨 몸에 기름을 치면
나사처럼 튀어나오던 거친 내 영혼들
잠이 모자란 우리에게 세상이
매서운 따귀를 올려붙여도
눈동자에 용기의 불꽃을 피우며
두 손으로
세상을 반듯하게 박음질했다

미싱을 돌리면
아픈 것들의 울음이

실밥으로 만져졌다

우리는 기계였다
심장에
피가 흐르는

구겨진 헝겊
― 전태일을 기리며

성향숙

가난한 재단사 앞길에는
무질서한 주름투성이 꽃무늬 나일론
팽팽히 당겼다 놓으면 꽃이 필 듯하다가
각인된 기억처럼 곧바로 복원되는 가난

불을 붙이면 순간 활활 타 재가 될,
날아갈 듯 화려한
꽃들의 형체는 일그러지고 사라지기도 한다

펼쳐질 듯 사라지는 것이 꿈이었다
구겨짐 없이 세상을 재단하고
푸른 풀잎과 색색의 꽃들, 구름을 배경으로
마음껏 날고 싶었다

주름 하나 펴기 위해
면담 요청한 다리미는 코빼기도 내밀지 않았다
성능 약한 다리미만 주름 길을 왕복했으나
너무 깊이 팬 주름의 다락방

푸른 나무와 풀잎이 장식이 되는 일이란
꽃들 위로 나비가 나는 일이란

멀리 하얀 구름 뭉게뭉게 배경이 되는 일이란

한 세계를 바꾸어야 가능할 것

곁불은 어디에도 없었다
하늘 향해 소리 지르면 구름은 산산이 흩어졌다
파란 꽃 노란 꽃들은 서로를 외면했다

다락방 문턱을 넘을 수 없던 꿈은
세상이 바뀌기 전까지 죽어서도 죽지 않았다

전태일은 살아 있다

송경동

신문팔이… 구두닦이… 시다…
미싱사… 재단사… 건설일용공…

그 그늘 속에서 인간의 빛을 본 청년!
고통과 차별 속에서 정의와 연대의 소중함을 배운 청년!
자신의 차비를 덜어
어린 시다들에게 풀빵을 사 먹이던 따뜻한 청년!
억압받는 이들이 노예의식을 버리고
자유인으로 조직되어야 한다던 청년!
똑똑하고 약은 인간이 되기를 거부하고
'바보회'와 '삼동회'를 만든 청년!
나를 죽이고 나를 버리며 가마
스물두 살, 자신의 몸을 불사른 청년!
우리는 기계가 아니다!
근로기준법을 지켜라!
내 죽음을 헛되이 하지 말라!
영원히 꺼지지 않는 인간해방의 불꽃

청년 전태일은 살아 있다
높고 고귀한 이름으로 어느 기념관에 서 있지 않고
피압박 인민들의 고단한 삶의 곁에 이름 없이

오늘도 절규하며 싸우는 이름 없는 전사들 곁에

소리 없이

부끄럽지 않기 위하여

— 전태일을 기억하며

여국현

스물둘 어느 겨울 시장바닥 허름한 대폿집에서
바람처럼 말간 명사들이 가지런한 내 시를 읽던 선배가
소주잔을 내려놓고 꾹꾹 힘주어 들려준 이름,
전. 태. 일.
그 이름과 함께 내게 온 청계천 의류시장 재봉사 노동운동 그리고
스물둘 그의 분. 신.
내 시의 투명한 명사들과는 다른
땀 냄새 가득한 심줄 굵은 명사들이 팔팔한 동사들이 되어
지글지글 돼지고기 굽는 냄새가 진동하는
시장바닥의 대폿집 바닥에서 튀어 올라 내 뺨을 후려치고
부끄러움이 알코올보다 빠르게 혈관을 휘감았다
나는 입고 있던 노란 작업복이 부끄러웠다
술잔을 든 내 작고 가는 유약한 손이 부끄러웠다
그 손으로 써내려간 소주잔 속 술처럼 투명한 단어들이
부끄러웠다
노동을 하면서 노동자가 아니었던 내가 부끄러웠다
온몸을 휘감는 불꽃 속에서 "근로기준법을 준수하라!" 외치던
스물둘 내 나이의 전. 태. 일.
그날 밤 선배가 전해준 전태일을 끌어안고 밤새 나는

그 불길 속에 울었다
분노하며 울었고
아파하며 울었고
부끄러워 울었다

그날 이후 삼십 년이 지난 세월,
한때의 노동시는 현장을 떠날 때 내 곁을 떠났고
노란 작업복 대신 알량한 지식으로 밥벌이 하는 지식 노
동자가 되어
작고 가늘고 연약한 손으로 여전히 나는 시를 쓰고 있다
세월과 함께 분노와 아픔도 조금씩 누그러졌다, 그러나
부끄러움만은 조금도 사그라들지 않았다
내 가슴과 머리와 혀 그리고 손에는
전.태.일.
그의 불꽃같은 삶이 지워지지 않는 화인으로 남아
나의 삶이
나의 시가
부끄럽지 않아야 하는 단 하나의 이유가 되고 있다

제3부

살아 돌아갈 수 있도록

윤석홍

아픈 몸 이끌고 새벽길 달려
어김없이 현장으로 가면서
오늘도 살아남을 수 있을 거란
믿음으로 맞는 아침은 비장하다

곡소리는 입에서 눈물은 눈에서
상처는 몸에서 죽음은 어디에서
매일 앓는 소리 내며 밤을 지새우지만
늘 몸은 악몽으로 축축이 젖어 있다

내 몸의 수분은 그렇게 빼앗기고
한 줌 망가진 목숨을 용접하다
땀에 찌든 삶의 상처에도
보상이 없다는 것을 깨닫는다

삶과 죽음, 존재와 부재 사이
이승과 저승 사이를 신기루처럼
완충지대를 아슬아슬하게 오가지만
불귀순(不歸順) 같은 일터는 팽팽한 싸움터다

떨어지거나 끼이거나 깔리거나 뒤집히거나

부딪히거나 물체에 맞거나 화염에 타 죽거나
죽음이 가장 가까이 있는 위험한 곳
출근했다 시체로 돌아오는 일이 없도록

목숨은 날마다 새로 얻지만, 몸뚱이는
낡아가고 운 좋게 살아 집에 가면
매일매일 살아 돌아갈 수 있도록
우리 조상님 부처님 하느님 전에
소주 한잔 가득 채워 올려야지

위인동상 3등
— 전태일

윤중목

월매 딸 성춘향의 고향인 남원의 송동면에 지리산초록
배움터라고 생태환경학교가 하나 있었어요. 민노당 중앙
연수원이기도 했던 곳인데 동네 인구 감소로 폐교가 된 원
래는 두동초등학교 자리였어요. 그곳 교문을 통과해 걸어
들어가면서 꽤 떨어진 거리지만 자그만 크기의 동상이 눈
에 띄었을 때 이승복인 줄 대번에 알았어요. 연도가 오래
묵은 학교들이 교사동 정면 쪽에 세우던 위인동상 중 가
장 많았던 게 이순신 장군 첫째, 세종대왕이 둘째, 그다음
셋째 이승복, 뭐 대체로 그랬었어요. "나는 공산당이 싫어
요!"라고 외치다가 입이 찢겨서 죽었다나 그런 건 아니었
다나 하는 이승복이 그 당시는 그러니까 위인동상 서열 무
려 3등인 거였어요. 그런데 걸어 걸어 동상 근처에 다다르
자 깜짝 놀라면서도 웃음이 터질 거 같은 기상천외한 광경
이 놓여 있었어요. 전신에 녹청이 한가득 끼었으나 동상
의 주인공은 어릴 적 눈에 익은 그 이승복이 분명했어요.
하지만 동상 아래 시멘트 기단에 새겨진 이름자가 어떻게
된 영문인지 '이승복'이 아니었어요. 기단의 앞판 상반부
에 있던 글자는 다 파내 없어졌고 하반부에 글쎄 완전 다
른 이름이 부조로 새겨 있는 거였어요. 그게 약간 삐뚜름
은 했지만 아주 큼지막이 '전태일'이었어요. "근로기준법
을 준수하라!", "우리는 기계가 아니다!", 외치며 또 외치며

제 몸에 불을 살라 죽어간 바로 전태일이었어요. 오호, 정말이지 이건 통쾌하고 유쾌한 일이었어요. 아름다운 청년 전태일이 정식 학교라는 공간에 위인동상으로 세워진 아마 사상 최초의 사건이었어요. 그것도 반공소년인지 멸공소년인지 이승복을 밀어내고 서열 3등 자리를 당당하게 차지하는 장면이었어요. 왜요, 근데 뭐 잘못됐어요? 이게 그러면 안 되는 일이었어요? 이승복 대신에 전태일이 우리나라 위인동상 3등 되면 큰일이 나는 거였어요?

평화시장 뒷골목에 비가 내린다
— 전태일문학상 당선 소식을 들은 날에

이명윤

평화시장 뒷골목에 비가 내린다
쉬이 쉬, 비는 가슴에 손을 넣어 너를 만진다
쉿, 쉿, 쉿, 쉿,
손수건을 빗속에 흔들며 네 이름을 불렀다 전. 태. 일.
너는 빈 차로 와서 상냥하게 묻는다
어디로 갈까요?
신호등이 하늘색 불을 밝히면 도로를 박차고 날 수 있겠
습니까
유리창 너머로 스물두 살의 네가
우산도 없이 뛰어다닌다
유리창은 겁도 없이 노동자라고 썼다 지우고 웃다가 운
다
신호등은 빨주노초파남보
가을비 내리는 오후 두 시
거리의 눈빛이 온통 젖어 있다
모두가 날고 싶었으리라 날고 싶었다면 모두 박수
새들의 박수소리, 빗소리, 빗소리,
그때 그 사람들은 모두 어디로 갔을까?
추돌사고 현장을 본다
이것은 슬픈 유머다
사람들의 말다툼이 꽃송이가 되어 흩날릴 때쯤

나는 묻는다
그곳 세상은 살 만해?
바람의 박수 소리, 빗소리, 빗소리,

별 노동자

이상인

뼈마저 오그라들도록 추운 밤*
남루한 별 하나 돌아와
늦은 저녁을 먹는다.
단출한 밥상, 희미한 전등 불빛
생이 얼마 남지 않은 늙은 별 하나
그 곁에서 깜박깜박 쳐다보고 있다.

하늘에서 보시기에
모두가 반짝이는 아름다운 별들이다.

* 전태일의 어머니 『이소선 평전』에서 가져옴

전태일 열사

이승철

넝마처럼 널브러진 가을 하늘
석유를 살라먹은 앞가슴에 꽃불이 피었어.

누구나 고귀한 사람으로 살고 싶었지.
청계천 평화시장 3동(棟) 봉제공장
1주 98시간, 끝없는 조출철야(早出徹夜)
매매일 장시간 노동에 허덕여야 하는
열다섯 살 누이들을 보고, 또 보았어.
가녀린 손마디마다 잔별이 움트던 날에.

나를 버리고, 나를 죽이고 가마,
조금만 참고 견디어라.
너희들 곁을 떠나지 않기 위하여
나약한 나를 다 바치마.*

막막한 세상에 짙푸른 불덩이를 피울 거야.
그 불덩이 위로 달려가던 함성과
고개 숙인 친구들의 파리한 얼굴들
반짝이던 한 떨기 이슬만을 생각했어.

스물두 해 된 그해 늦가을 오후

〈근로기준법 해설〉 책자를 껴안고
활화(活火)된 육신의 마지막 외침들
두려움 없이 휘달려가 소리쳤기에
생은 결단코 헛되지 않았어.

비록 이승의 삶은 초라했지만
그날 대낮 청계천 길은 찬란했어.
말하자면 당신의 마지막은
우리 모두의 출발이 되었어.
지상 위에 우뚝 선
단 하나의 깃발이었어.

저 산하에 꽃불더미가 아우성친다.
장막을 찢어발기는 진군나팔처럼
앞장서 나아가는 당신이었어.
그날 나는 또 다른 전태일을 보았어.

* 3연은 모두 전태일의 일기 중에서 인용.

동선

이영숙

어디에서 만나기로 하고
우리가 태어나는 건 아니지 않아요?
어디에서 만나기로 하고
죽는 것도 아니지 않아요?

두서없이
뿔뿔이 오고 갈 뿐

아날로그적으로 수첩에 꼬박꼬박 옮겨 적는
몇십, 많아야 팔구십 명조차도
안 본 지 삼 년 넘는 이가 수두룩합니다
삼 년간 입지 않은 옷은 과감히 내버리라 했는데

수첩 밖에 있는 죽은 게 확실한 누굴 위해
우리가 만났다는 건 확실히 이상하지 않아요?

녹슨 철길 옆 철거 가옥의 벽돌 잔해를 산 사람 얼굴 만
지듯 하다
국제시장을 영도다리를 열네 살 부랑아처럼 땀에 절어
걸었죠*

구김살 속에서 자라
구김살 없는 세상을 꿈꾸었던 그 치명적 사랑이
구김살 속에서 자라
구김살을 세상 전부거니 믿고 산 우리를 몇 겹이고 갈가
리 찢어놓았던 것

어디에서 만나자 약속한 바 없지만
이 찌는 듯한 동선이 누구 한 사람과 자꾸 겹친다는 게
어쩐지 서늘해져서는 우리
고갤 숙이고 자꾸 걷게 되지 않아요?

* 2017년 8월 25~26일 한국작가회의 자유실천위원회와 부산작가회
  의가 주관한 〈아름다운 청년, 전태일 열사 부산에서 만나다〉. 당시
  부산진역 일대 재개발로 헐린 터는 전태일 열사가 3~6세 때 살았
  던 곳. 여기에서 출발하여, 영도섬이 그리워 열네 살 여름 구두닦이
  통을 메고 무작정 내려왔던 그의 동선을 그의 동생 전태삼 선생이
  안내하였다. 그날처럼 이날도 부산 전역에 폭염주의보가 내렸다.

울고 있는 아버지

이창윤

전태일 열사 산화한 지 50주년
근로기준법 잉크 자국은
어디까지 왔나

고용 사각지대에 놓인 청년실업
미래가 불투명한 N포세대

연령을 가리지 않고 양산되는 비정규직
바람 잘 날 없이 흔들리는 불안한 일터

고용보험 없는 일용직 노동자
생계의 벼랑 끝
극한의 위기에 수시로 내몰리고

산업현장에서 몸이 잘려 목숨 잃는
외주 하청업체의 열악한 노동환경
2인 1조 안전수칙은 지켜지지 않고

노조 설립 추진하다 해고당한 노동자 김용희
철탑 끝 고공농성
겨울 지나 다시 봄이 와도

지상으로 내려오지 못하고 330여 일

무한증식의 냉혹한 자본에 찢긴
노동과 생존의 소중한 가치여

선혈 낭자한 오월 철쭉처럼
핏빛으로 물들어 울고 있는
노동자의 아버지 전태일

아직 멀고 먼 노동 해방
그 아득한 길이여!

전태일 거리에서

이태정

아직 어린 소년, 소녀
우리들은 목화솜처럼 뭉쳐 있었다
기름때, 땀 냄새로 얼룩진 하루를 버티면
사람 냄새 가득한 세상이 올 거라는 동심이
다락방 작업실에서 뭉게뭉게 피어올랐다
그런 동심은 무럭무럭 자랐지만
실밥을 자르듯 끊어내면서
조금씩 어른이 되었다

어른이 된 우리들의 눈동자는
언제나 백열등보다 뜨거웠으므로
한밤에도 한낮을 꿈꾸며 옷감을 누를 수 있었다
그래도 누르고 싶지 않은 한 가지
한창 자라나는 사랑만큼은 누르고 싶지 않았다

누르고만 사는 우리들에게
누리고 살아도 된다는 걸 알게 한 사람
따뜻한 밥 같은 법이 있다는 걸
그것은 빌어먹는 것이 아니라
당당하게 누려야 한다는 걸 알게 한 사람
그의 결심은 결단을 낳았고

그 결단의 결과는 이 거리를 세웠다
우리들은 오늘 그 결단의 거리를 걷는다
거리가 끝난 곳에서 다시 시작되는 거리
그 거리를 만드는 이
또다시 사람입니다

되풀이

장우원

햇빛 없는 칸막이 속
시다는 엎드려 잠이 들고
미싱 소리 전혀 평화롭지 않던
평화시장

아직 누군가 기억하는지

근로감독관에게
국부라 칭한 대통령에게
부치지 못한 편지들

지금 누군가 보내고 있는지

정당한 임금을 주고도
타이밍을 먹지 않아도
산업 역군이 아니어도
충분히 돈을 버는 기업
전태일이 꿈꾸던 태일피복
그가 지키려던 깨끗한 동심*

벌써 누군가 꾸리고 있는지

묻고 또 묻는다, 대한민국아

거리에서, 옥상에서
철탑에서, 관제탑에서
스크린도어에서
석탄 컨베이어 벨트에서

다시는 전태일이 오지 말라고
다시는, 다시는!

* 전태일이 일기에서 어린 시다공들을 지칭한 표현

바다를 구워 먹은 소년

부서진 구두통을 든 소년이 있었다

세상의 우리라는 무리가 밀어낸
지상의 벼랑이 있었다

검푸른 희망이 넘실대는
구정물의 바다가 있었다

일렁이는 오물의 이랑을 따라
흰 나비가 두둥
떠내려오고 있었다

허연, 주먹보다 약간 큰*
양배추가 날고 있었다

날지 못하는 시조새처럼
날고 있었다

한 손으로 허기진 배를 움켜잡고
다른 한 손으로 나비를 붙잡으러
소년은 바다로 뛰어들었다

나비는 뒤뚱뒤뚱
달아나고 달아났다

소년의 퀭한 눈 속으로 뉘엿뉘엿
핏물 든 해가 졌다

붉은 해를 삼켜 배가 부른 바다는
소년을 토해놓았다

소년의 이글거리는
가는 눈동자는
태초의 지상에서 밀려나고
벼랑에서 밀려나고 바다에서도 밀려났다

바다야, 바다야, 양배추를 내놓아라. 만약에 내놓지 않
으면 너를 구워 먹으리**

소년은 노래를 불렀나
마침내 불타는 철조망을 넘었다 무언가에 이끌려

법과 질서와 규범과 훈계를 넘어

나비와
나비를 따라간 소년 자신을 넘어
주먹보다 큰
허연 양배추의 유혹을 넘어

구두통을 넘어
노동법을 넘어 노동자를 넘어

풀죽어 되돌아서지 않고
짓밟히며 일그러지며 추방되어

철조망의 바리케이드와
일렁이는 바다의 검푸른
매트릭스를 넘었다

오로지 인간
원초의 인간

그 하나를 그리며

나비 날개의 참혹한 무게가

바다의 정수리에 떨어진다

이지러진 나비가 날아오를 때마다
바다를 구워 먹은

소년이 불타오른다

* 『전태일 평전』에서 인용.
** 「구지가」 변용.

단풍

— 전태일 열사를 기리며

전선용

죽음에도 더께가 있다는 것을,
겹겹이 떨어지는 단풍을 보면서
지는 별을 생각한다
그도 그랬던가
그늘을 키워 무상의 빛이 되기까지
불신의 망각을 태운 추락은
재가 되어 뼈만 남았다
한 줌의 비명이 발화된 허공
힘없는 단풍이 붉어지길,
공명을 꿰맨 비명이 물주름처럼 퍼져나갈 때
최후의 병기는 고작, 묵음이었다
춤추듯 날아 부나비로 환생한 십일월
죽음을 탁본한 바람은 격렬하게 겨울로 달렸다
파랑(波浪)의 계절은 선명한 암울
겹겹이 쌓인 별 무덤을 두고
투사라고 부르면 숙연해질까
붉음에 붉음을 희석한 유서에서
울음투성이 가시 돋는다.

제4부

시가 되지 않겠습니다

— 전태일

정세훈

시가 되지 않겠습니다
시는 희생과 헌신이 될 수 없습니다
시는 분신이 될 수 없습니다
시는 노동이 될 수 없습니다

1970년 11월 13일 오후 1시 30분
"근로기준법을 준수하라
우리는 기계가 아니다
일요일은 쉬게 하라
노동자를 혹사하지 말라"
근로기준법을 화형시키고
희생 헌신 분신한 님은
이 땅의 참다운 노동입니다

그러나,
50년이나 흐른 그 노동은
아직도
비정규직 노동으로
해고 노동으로
내몰리고 있습니다

그 노동 앞에
감히
시가 되지 않겠습니다
시가 되지 않고
님의 희생과 헌신이 되겠습니다
님의 분신이 되겠습니다

새로운, 이 땅의 노동이 되겠습니다

머리띠에 대한 보고

정연홍

머리띠를 매고 거리로 나서는 사람들이 있다
0.2g 50cm 바람에 펄럭이고
팔뚝질하는 사람들의 근육이 뭉쳤다가 풀리고

바람이 붉은색으로 나부낀다
어디서 봤더라 저 붉은색
79년도이던가 87년도이던가
탱크가 도심을 덮고 최루탄이 펑펑 터지고 화염병이
날아가고
눈물콧물 몽둥이에 맞는 사람들, 어디론가 끌려가는 사
람들
도망가는 사람을 잡으러 가는 사람들
머리에 매고 있던 붉은 머리띠
바람을 만들어내던 붉은 머리띠
TV에서 종일 방송하던 붉은 머리띠

붉은 광장에서도 몽둥이가 난무했었지
머리띠와 광장의 붉은 바람
왜 바람은 붉은색인가
피는 왜 붉어야 하나

땅에는 왜 피의 흔적이 남아 있나

노동자는 왜 머리띠를 매고 구호를 외치나
전태일은 왜 청계천에서 분신을 하였고
전태일이 왜 자꾸 나오나

머리띠는 알고 있다
금남로와 부산과 마산과 청계천
노동자와 농민과 몸뚱어리 하나로 하루를 밀고나가는
사람들을
머리띠를 매고 거리로 나서는 사람들
머리띠를 매고 구호를 외치는 사람들

그가 되살아온다

정원도

인간의 탐욕이 더 이상
새를 향한 봄버들가지처럼 부드러워지지 못하고
노동자의 유린이 강제되는 공장마다
끓어오르는 분노로 제 몸에 불을 댕기던
그가 되살아온다

퍼부어대는 포탄이
불꽃처럼 사막을 가로지를 때
입에 피를 문 채 고꾸라지는 절규나
천대받는 인도의 빨래공처럼
혹독한 차별에 포박당하거나
기계에 끼어 죽어가는 용균이 비명이
날마다 자지러지는 한

순하디순한 인간의 길에
지뢰를 매설하는
절제할 줄 모르는 자본을 거부해야 한다
시장을 정복의 대상으로 독점하는 제국에
솜뭉치 같은 꿈으로라도 대항해야 한다

희뿌연 분진에 숨 막히는 공장에

노동자의 목숨이 경각에 위태로울 때
붉은 피 제단에 강요하는 물신(物神)이 번성할수록
전태일은 되살아와야 한다

빠른 사람

조미희

빠른 속도의 페달을 밟으며
발로 늙은 사람, 손으로 철든 사람

여름의 더위와
겨울의 추위를
수만 벌 지은 사람
추운 사람과 더운 사람을 너무 잘 아는 사람

무엇을 재단해야 했을까

대구에서 서울 사이에 재봉틀이 부지런히 돌았다
재봉틀 속에 연탄과 쌀과 꿈결 같던 먼 미래가 보석같이
빛났다
가끔 아랫목에 누워
추운 겨울 성에꽃들이 피어나는 봉창에
손을 뻗어 반짝이는 것들을 어루만지다 잠이 들면
좋은 어른이 되는 꿈을 꾸는 사람

서울 하늘엔 별보다 미싱 바늘이 뾰족해
밤낮을 가리지 않고 몸을 찌른다
야근과 야근하는 사람들

아침에서 저녁까지 미싱은 멈추지 않는다

"어머니 저는 아무래도
무섭게 돌기만 하는 고장 난 페달과
사장의 시계 속으로 들어가야겠어요"
"내 몸을 태워 저 얼음덩이를 깨야겠어요"

돌아보기를 즐겨한 사람,
돌아볼 수밖에 없던 사람
주변엔 온통 느린 노동법의 조항들
배부른 자들은 더욱 느려서
세상을 재촉한 사람
너무 빨리 가버려
지금은 안 보이는 사람
노동법의 조항마다 보이는 사람

불굴렁쇠

조원

당신은 손가락에 피가 맺히도록 원단을 자른다. 평화시
장에 평화는 없고
핫빠리 인생들 모여 핫바지를 만든다.
계란 한 봉지 싸들고 기차여행 떠나고 싶다는 소녀의
치마에서 썩은 피가 올라온다.

어느 장황한 폭포 아래 놓인 유원지처럼 멀고도 먼 변소,
부패한 사타구니 사이로 똥파리들 몰려든다. 밥 대신 실
밥만 따다가,
머리카락까지 전이된 하얀 실오라기
반장은 알전구에 눈부셔 까무룩하는 시다의 뒤통수를
가격한다.
삭신을 찔러대는 침엽수 아래
여공의 내장이 빨갛게 물들어갈 때

당신은 붕어빵을 쥐여주며 분통을 터트린다.
불철주야 만든 옷은 모두 가진 자에게 넘어가고,
폐병 걸린 야윈 손가락에는 연필 대신 노동의 쇠사슬,
기차는 레일 뒤틀린 다락방에서 까마득한 밤길만 캑캑
달린다.

잠을 자고 싶다고 꿈을 꾸고 싶다고,
　인간답게 살고 싶은 짐승 한 마리 온몸에 휘발유를 붓는
다. 분노의 얼굴로
　벌집처럼 노역을 키운 수만 개 상자를 모조리 불태운다.
　변두리 판자촌에 빌붙어 자랐던 갈비뼈,
　청옥공민학교 운동장을
　만국기처럼 펄럭인 그날의 웃음이
　시커먼 연기로 치솟는다.

　바보들만 판치는 평화시장에서
　뜨겁게 타오르는 핫빠리 인생을 본다. 두 눈 부릅뜬 채
이리저리 구르며
　검은 불덩이 사이로 쇠주먹을 갈기는 청년
　죽음이 울타리가 되는 순간,
　집으로 뛰어가는 어린 소녀를 본다.

다시, 평전

주영국

반드시 이겨야 할 싸움에서 지고
돌아와 찬물에 코피를 씻을 때
뒤따라오던 애기별 긴 밤의 동지처럼
함께 찬 우물가를 지켜주었다
어머니도 모르는 새벽이었다

저것은 바위라고, 저것은 벽이라고
수군거리며 누구라도 머뭇거릴 때
가장 먼저 팔매를 던지는 사람
나보다 먼저 벽을 기어오르는 사람
비겁해지고 약해지는 사람들의
앞에는 언제나 그를, 읽은 사람들이었다

팔천 자 땅속 암장의 불강을 나와
거칠게 반신상의 부조가 된 사내
사법고시를 한 친구 하나만 있어도 그때
불 속으로 걸어가지 않았을 사내
미싱의 쇠바늘 모르는 모든 헌화는 가짜다
자본에서 인화된 모든 사진도 가짜다

이백 일 넘도록 허공에 매달려 있는

자본가의 거미줄에 잡혀 있는
해고 노동자 한 사람을 어쩌지 못하고
그곳에서 죽기라도 기다리며 우는
사람이 먼저라던 자본가의 지도자

천 번 지고도 한 번 더 싸우겠다며
다시 마음을 다지던 새벽처럼
어머니가 말없이 건네주던 무명 수건에
말라붙은 코피를 닦던 시절의 기억
희미해졌다면 다시 그를, 읽어야 하리.

청계천의 십자가, 영원한 횃불

차옥혜

"근로기준법을 지켜라!
노동자는 기계가 아니다!"
외치며 유명무실한 근로기준법 책을 들고
스물두 살 젊음을 불사른 전태일 열사는
청계천의 십자가!
이 나라 노동자들을 지키고 일깨우는
영원한 횃불!

50여 년 전 청계천 평화시장 봉제공장에
보조원으로 취직하여 재봉사가 된 전태일은
90퍼센트가 여성인 이만여 명 노동자들 중에
40퍼센트인 13세에서 17세 어린 소녀 보조원들이
다락방 형광등 밑에서 하루 14시간
먼지를 들이마시며 일하다가
폐질환에 걸리는 게 안타깝고 안쓰러워서
백 볼트 전등 한 개를 더 켜달라고
신선한 바람이 흘러드는 창문 하나 달아달라고
일요일엔 쉬게 하고 정확한 건강진단을 해달라고
70원에서 100원인 일당으로는 기진맥진
배고파 죽겠으니 반절만 더 올려달라고
업주에게 하소연하고 노동청에 진정하며

대통령에게 편지를 써도 묵묵부답 마이동풍
마침내 말썽꾸러기라고 공장에서 쫓겨났으나
가엾은 어린 노동자들 못 잊어 다시 돌아와
자신의 몸에 불을 지펴 어두운 세상을 밝힌
전태일 열사는
언제 어디서나 이 나라 노동자들 마음에
영원히 살아 힘과 용기를 주는
청계천의 십자가! 영원한 횃불!

전태일은 어디에나 있다

채상근

평화시장 봉제 공장에도
청계천에도 전태일은 살아 있다
전태일은 택시에도 있다
전태일은 마트에도 있다
전태일은 호텔에도 있다
전태일은 학교 식당에도 있다
전태일은 기타 공장에도 있다
전태일은 엘리베이터에도 있다
전태일은 시멘트 공장에도 있다
전태일은 자동차 공장에도 있다
철도에도 지하철에도 전태일은 있다
공항에도 발전소에도 전태일은 있다
컨베이어 벨트에도 전태일은 있다

해고 노동자는 전태일이다
하청 노동자는 전태일이다
이주 노동자는 전태일이다
배달 노동자는 전태일이다
알바 노동자는 전태일이다

유치원에도 전태일은 있다

학습지에도 전태일은 있다
소극장에도 전태일은 있다
병원에도 전태일은 있다
강남역 사거리 철탑에도
크레인 위에도 굴뚝에도 전태일은 있다
비정규직에도 근로기준법은 있다

전태일은 어디에나 있다

버들다리 위에서
― 전태일을 기억함

최기순

스물두 살의 어린 청년
그는 어떻게 그 결단을 내릴 수 있었을까

자신이 발화점이 되어
견고하고 냉담한 벽에 균열을 내기로
몇 날 몇 밤을 새워 고민했을까

아들의 밥그릇에
밥을 눌러 퍼 담는 어머니의 얼굴을 바라보며
생각들을 수정하고 재고했었을까

그러나 끝내
먼지구덩이 속 쏟아지는 기침 소리들과
병들어 쓰러지는 동료들의 얼굴을 불쏘시개로
자신의 몸을 태워 노동악법의 위험을 알린 사람

팽창 일변도의 자본주의의 그늘 아래
여전히
한 개의 부품으로 소모되어
사소하게 버려지는 목숨들의 현장을
천만 번 되비추는 거울

시간의 모래가 흘러내려 이목구비를 지워도
전태일!
그 이름으로
죽음을 부르는 음산하고 어두운 곳이
구석구석 모조리 밝아질 때까지

다시, 또다시
그의 이름으로 새로운 노래를 부르며
꽃다운 한 청년이 제 몸을 살라 높이 들어올린
횃불을 본다

전태일은 죽었다

최종천

노회찬 의원이 죽었을 때 나는 그를 원망했다.
세상이란 살아남은 자의 것이지 죽은 자의 것이 아니기에
슬픔도 기쁨도 후회도 고통도 살아남은 자의 몫이기에
인간은 저마다 발악을 다하여 살다 간다.
노회찬 의원도 한때 용접공을 했고, 저 유명한
소설가 주제 사라마구나 앨빈 토플러도 용접공이었다.
그들은 계급 상승하여 노동을 뜯어먹었다.
전태일은 살아서 싸우는 것이 더 좋았을 것이다.
세상에서 제일 못난 나라 대한민국에서는
노동을 하다가 치우고 문화적으로 성공하는 사람 많다.
그들이 하는 소리가 다 노동을 착취하지 말라는 소리다.
노동을 착취하지 않으면 인간이 할 일이 전무하다는 것을
그들이 알건 모르건 간에 그 말로 그들의 몸값을 키운다.
그 일을 자신이 잘하건 못하건, 그 일이 가치가 있건 없건
상관없이 하는 놈이 최고이다. 인간은 이런
사실의 관계만을 살 수밖에 없는 존재인 것이다.
전태일이여 당신은 그들처럼 뻔뻔스럽게 살아보지 않고
왜 죽었는가? 당신의 헛된 죽음을 어찌하란 말인가?
당신은 죽어서 사실이 아닌 것이다.
당신은 바랐으리라, 변함이 없는 가치와 영원한 진리를!
당신의 가슴에 안긴 것은 싸늘하고 무거운 대리석뿐

당신의 혼, 그 혼은 어디에 있는가?

나는 그 대리석의 비문을 모두 지우고 다시 쓰리라! 노동 해방은 불가능하다. 노동 착취는 정당한 것이다!

노동계급이 혁명에 성공하는 그 순간 이미
노동계급이 아니게 된다. 인류는 노동의
착취를 통하여 소멸해갈 것이다. 그것이 노동계급의
혁명인가?

전태일

표성배

당신은 너무 멀리 있고

밥그릇은 너무 가까워

자꾸 잊는 날이 많습니다

딱성냥
— 청계천 전태일 열사 흉상 앞에서

황주경

딱 한 번뿐일지라도, 그대
무언가를 불사르고 싶어 기도한다

켜켜이 일어나는 메마른 입술
무언가 스치기라도 한다면
금방이라도 불 일 듯하다

손톱만큼도 스스로 태울 수 없는 운명
오늘 밤 그대는 홀로 깨어
충혈된 눈을 비비고 있나니,
어떤 기도가 이리도 건조한가
그대의 간절함은 하늘에 닿아
잠자던 이들을 흔들어 깨운다

유황불 속에 활활 타오르던 그대
순교자의 모습으로 내게 손 내민다
그대의 거룩한 불도장 내 손바닥에 아로새긴다

딱 한 번뿐일지라도 불꽃으로 살고 싶다

전태일의 소설

때 : 69년 3월 16일부터 — 현재까지

곳 : 서울 시내 전역

주제 : 자유와 방종⋯ 현세대의 사회성과 기성세대의 경제관념. 그리고 현실적으로 행하여지고 있는 기성세대의 경제관념에 반항하는 청년의 몸부림

J : 주인공, 23세의 청년으로 제품업에 종사하는 재단사

B : 피복공장 미싱사로서 주인공의 사고력에 큰 영향을 끼친 20세의 나약한 소녀

■ 줄거리

1. 중부시장의 시끄러운 공장 소음으로 시작하여 B의 유린 당하고 있는 인간 본성

2. B의 참상을 보고 마음의 충격을 받은 J의 결심

3. 공장 분위기와 과로, 직업병으로 인한 J의 고심과 직장을 못 다니게 된 동기

4. 구로동 맞춤집의 고된 일과 J 부친의 사망

5. 바보회를 조직하는 J와 친구 재단사들 간의 의견 대립

6. 창립식 이후 다시 정기 총회를 개최하지 못하는 J의 심정 과 바지집의 싼 공장으로 5일간 일을 하고 임금으로 앙케 이트를 인쇄하기까지

7. J의 가정 형편과 식구들의 정경 상태……※
7-1. 일반인의 생각과 현 사회 실정이라는 자기 나름대로 의 판단 아래 당황하는 J

8. 앙케이트가 기능공들의 의사 표시를 대표하는 것이었으나 기업주들의 강제적인 의사 통제로 3만 기능공들의 인권을 유린하는 데까지

9. 시청 근로감독관의 무성의한 태도와 J의 감정 상태

10. 사회를 신임하고 있던 청년 J의 낙심과 사회를 신임하지 않게 된 동기

11. 한미사 주인의 이중인격과 사회를 처음 대하던 18세 J의 실망과 기성세대의 독욕으로 인해 제물이 될 뻔한 J의 상태

12. 협신사 주인의 비인간적인 경제관념과 기업주로서의 상대적 지위 남용으로 인해 피해를 보는 기능공과 J의 울분

13. 방황. 범죄에 대한 공상과 자본을 구하기 위한 공상.

14. 오랜 공상과 J를 중임하고 얽매여 있는 사회 환경에 견딜 수 없는 구속감과 본능적으로 이전 환경에서 벗어 보려는 J의 방황

15. 바보회 창립 당시 회원들에게 한 중요한 발언과 자기가 이 문제를 성공시키지 못함으로 인한 기능공들의 예전보다 더한 실망감과 이 문제에 대해서 더욱더 실망적인 결과만을 남기게 된 책임감을 완수하기 위한 애절하게 몸부림치는 J

16. 대구로 여행하여 J 마음의 고향 육신의 고향에서 J 일생 중 가장 아름다웠던 추억이 있는 대구. 여기에서 옛 동창들을 모아놓고 파티 겸 마지막으로 쓸쓸한 사망의 길로 가려는 자기의 인상을 남기기 위한 눈물겨운 크리스마스이브가 된다.

17. 옛 동창 앞에서 자기선전을 한다. J 자신이 자기를 극도로 과장해서 선전하며 현실적으로 이루어지지 않으리라고 믿었지만 이 선전을 통해 얼마 안 있으면 곧 되는 것처럼 J 동창들에게 과장해서 자랑하며 실로 어처구니없는 미래의 자기 위치를 설명한다. 즉 기능공에 대한 교육기관을 건축하고 오락시설을 겸비하며 기능공에 대한 사회 지위 문제, 내일의 한국 어머니로서의 갖추어야 할 인격 완성 등. 이런 기능공들을 위하여 여러 가지 요건을 갖추는데 필요한 금액에 대한 출처, 금액을 마련하는 방법 등을

이야기한다. 여기에서 일동은 잠시나마 벅찬 감격을 느낀다. J 자신도 자기 자신이 정말 그렇게 되는 줄로 잠시나마 생각하다가 자기만이 느끼는 사회 환경에 몸서리치면서 자기의 원계획대로 몇 개월 후의 자기 위치를 설명한다. 너무 과장해서……

18. 상경하여서 J가 피부로 느끼는 사회의 반응과 마지막을 위한 환경 정리

19. 친구들이 J를 대구에서 기다린다. 약속 일자는 4. 19일. 여기에 날아드는 유서 한 장뿐.

　　내 사랑하는 친우여 받아 읽어주게

　　친우여 나를 아는 모든 나여
　　　나를 모르는 모든 나여
　　부탁이 있네 나를 지금 이 순간의 나를 영원히 잊지 말아
주게
　　그리고 바라네 그대들 소중한 추억의 서재에 간직하여 주게
　　뇌성 번개가 이 작은 육신을 태우고 꺾어버린다 해도
　　하늘이 나에게만 꺼져 내려온다 해도 그대 소중한 추억에
간직된
　　나는 조금도 두렵지 않을 걸세. 그리고 만약 또 두려움이
남는다면
　　나는 나를 아주 영원히 내릴 걸세 그대들이 아는 그대 영
역의
　　　　　일부인 나 그대들이 앉은 좌석에 보이지 않게 참석
　　　　　했어 미안하네 용서하게 테이블 중간에 나의 좌석을

마련하여 주게 원섭이와 재철이 중간이면 더욱 좋겠네
좌석을 마련했으면 내 말을 들어 주게
그대들이 아는 그대들의 전체의 일부인 나
힘에 겨워 힘에 겨워 굴리다 다 못 굴린 그리고 또 굴려야 할
덩이를 나의 나인 그대들에게 맡긴 채
잠시 다니러 간다네 잠시 쉬러 간다네
어쩌면 반지의 무게와 총칼의 질타에 구애[1] 되지 않을지도
모르는 않기를 바라는 이 순간 이후의 세계에서 내 생애
못다 굴린 덩이를 덩이를 목적지까지 굴리려 하네
이 순간 이후의 세계에서 또다시 추방당한다 하더라도
굴리는 데 굴리는 데 도울 수만 있다면 이룰 수만 있다면.

바람이 기운을 낸다. 코스모스 가늘은 허리를 꺽으려고
덤빈다. 키다리 해바라기 머리가 무거워서 오만하게 큰 키
를 굽히면서 사정을 한다. 바람님 화를 거두시고 잠잠하시
라고.

난쟁이 채송아는 허리 굽히면서 사정하는 해바라기 모습
이 우습단다. 해바라기 밑에선 맨드라미 웃지 않으려고 애
쓰다 마침내 노랗게 웃는다. 철망 옆에선 코스모스 허리가
휠가봐 그 날씬한 허리를 심술장이 가시철망 울타리에다 살
머시 기댄다. 심술쟁이 철망은 기다렸다는 듯이 그 가냘픈
허리를 정말 휘어지게 끌어안는다. 수줍어서 허리가 아파서

---

1 '구예(求譽)인 듯. 『내 죽음을 헛되이 말라』(돌베개, 1988, 152쪽)에도
 '구예'로 해석했다.

얼굴이 창백하다. 키다리 해바라기 정영 목이 아파서 노오란 눈물을 한 방울 두 잎 날린다.

마루에 앉아서 울타리 꽃밭을 쳐다보면서 그 어떤 심각한 생각 속에 잠긴 JL. 철망 울타리 앞의 조그만한 꽃밭에 한시도 눈을 떼지 않지만 그의 생각은 멀리 시내 중부시장 그의 직장에서 어제 있었던 일을 다시 반성해 보는 것이다. 5번 미싱사의 그 가냘픈 소망을 자기에게 이야기하던 때의 상태를.

〈재단사요, 어디든지 주일날마다 쉬는 데를 좀 알아봐 주세요!〉

〈글쎄, 보세공장에 같은 데 말고는 어디 그런 곳이 드물거요. 요행이 믿는 사람이 공장을 차리고 있으면 되겠지만 어디 그런 집엔 자리가 잘 비지 않으니까. 하여든 빨리 알아보도록 힘써보지요.〉

이렇게 무성의하게 대답하는 그에게 5번 미싱사는 그 자리에서 표시할 수 있었던 가장 순박한 감사를 표하지 않았던가.

그는 막상 어디에 알아보겠노라고 이야기는 했지만 막상 희망을 걸고 알아볼 곳은 없다.

평화시장의 여러 친구들에게 물어보고 부탁하여 놓는 게 보통이다.[2]

---

2 이 문장에 이어 다음과 같은 중복 문장을 써놓았다. 작품의 내용을 전개시키려고 했다기보다 앞의 내용을 재확인하는 차원에서 쓴 것으로 유추된다.
  "바람이 기운을 낸다. 코스모스 나약한 허리를 꺾으려고 덤빈다. 키다리 해바라기 머리가 무거워서 오만하게 큰 키를 굽히면서 사정을 한다. 바람님 화를 걷으시고 잠잠하시라고. 난쟁이 채송아는 허리 굽히면서 사정하는

선생님, 이런 현실 있습니다. 한 아버지가 30명의 자녀를 가지고 있습니다. 그 집에는 의복을 만들어 팔아서 생계를 이어가는데 몇 년이 지나는 동안에 집안 사정이 좋아지고 장사가 점점 나아져서 부자가 되었습니다. 그런데 아버지 되는 사람은 자녀들을 예전과 같이 일을 시킵니다. 아니 예전에 못살 때보다도 더 혹심하게 일을 시킵니다. 그리고 아버지 되는 사람은 호위호식하면서 자녀 되는 사람들을 혹사합니다.

아버지는 한 끼 점심값에 200원을 쓰면서 자녀들 하루 세 끼 밥값을 50원.

이건 인간으로써는 행할 수 없는 행위입니다.

아버지는 아무리 강자고 자녀는 약자지만 자녀도 같은 인간입니다.

여기에서 자녀들은 반발합니다. 아버지에게 쉴 시간을 요구합니다.

그리고 더 많은 양의 빵을 요구합니다. 먹고 배부를 수 있는 빵 말입니다.

그러면은 아버지는 많은 빵을 주는 대신에 하루에 16시간의 노동을 강요합니다. 나이 어린 자녀들은 하루에 16시간

해바라기 모습이 우스워서 조그맣게 방긋이 웃는다. 해바라기 밑에선 맨드라미 웃지 않으려고 빨간 볼을 숙인다. 철망 옆에선 코스모스 허리가 휠가봐 그 날씬한 허리를 심술장이 가시철망 울타리에다 살며시 기댄다. 심술쟁이 철망은 오래 오래 기다렸다는 듯이 그 가냘픈 허리를 정말 휘어지게 끌어안는다. 누가 볼까봐 주춤어서, 허리가 아팟어 얼굴이 창백하다. 키다리 해바라기 목이 아팟어 노란 눈물을 한 방울 두 잎 날린다."

의 정신, 육체노동을 감당하지 못합니다.

나이가 어리고 배운 것은 없지만은 그도 사람, 즉 인간입니다. 태어날 때부터 생각할 줄 알고 좋은 것을 보면 좋아할 줄 알고, 즐거운 것을 보면 웃을 줄 아는 하나님이 만드신 만물의 영장, 즉 인간입니다. 다 같은 인간인데 어찌하여 빈한 자는 부한 자의 노예가 되어야 합니까.

왜? 빈한 자는 하나님께서 택하신 안식일을 지킬 권리가 없읍니까?

종교는 만인이 다 평등합니다.

법률도 만인이 다 평등합니다.

왜 하물며 가장 청순하고 때 묻지 않은 어린 년소자들이 때 묻고 더러운 부한 자의 기름이 되어야 합니까? 사회의 현실입니까? 빈부의 법칙입니까?

인간의 생명은 고귀한 것입니다. 부한 자의 생명처럼 약자의 생명도 고귀합니다. 천지만물 살아 움직이는 생명은 다 고귀합니다. 죽기 싫어하는 것은 생명체의 본능입니다.

선생님, 여기 본능을 모르는 인간이 있읍니다. 그저 빨리 고통을 느끼지 않고 죽기를 기다리는 생명체가 있읍니다. 그리고 죽어가고 있읍니다. 그것도 미생물이 아닌, 짐승이 아닌, 인간이 있읍니다. 인간, 부한 환경에서 거부당하고, 사회라는 기구는 그를, 년소자를 사회의 이름으로 쓰고 있읍니다. 부한 자의 더 비대해지기 위한 기름으로.

선생님, 인간인 고로 빵과 시간, 자유를 갈망합니다. 어느 한쪽만으로는 만족하지 못합니다. 아무리 많은 양의 빵이라도 아무리 많은 시간적 자유라도 양자의 규합이 없이는 인간은 항상 불만입니다. 적당한 양의 빵과 적당한 휴식을 요구합니다.

선생님, 우리 고용주 되시는 사람에게 저의들의 뜻을 전하게 도와주십시요.

우리는 갈망합니다. 적당한 빵과 적당한 휴식을 말입니다. 방종이 아니 자유 말입니다. 쾌락과 희열이 아닌 육체적인 휴식 말입니다. 진수성찬이 아닌 육체를 지탱할 검은 빵과 한 컵의 물.[3]

---

3 "정당한 이유 없어도 당신은 죽일 수 있다." 같은 문장으로 이어지는데, 글씨 상태가 명확하지 않아 이하 생략한다.

앞의 작품은 전태일이 1970년 여름 즈음 임마뉴엘 수도원에서 쓴 것으로 원문을 그대로 소개한 것이다. 전태일이 이 세상에 남긴 소설 초안 중에서 가장 내용이 구체적으로 정리되어 있다. 만약 전태일이 분신하지 않았다면 한 편의 소설로 완성되었을 것으로 기대된다.

위의 작품에는 전태일이 분신을 결심하기까지의 과정이 고스란히 들어 있다. 전태일은 1969년 6월 말경 평화시장의 재단사들을 중심으로 바보회를 만든 뒤 평화시장에서 일하는 노동자들에게 근로기준법을 알리다가 사업주에게 위험분자로 찍혀 해고당했다. 그 일로 전태일은 몇 달 동안 실업자 생활을 했다. 평화시장의 사업주들이 전태일에 관한 정보를 공유하고 있었으므로 다른 작업장에 들어가 일할 수 없었기 때문이다. 전태일은 평화시장이 아닌 남대문이나 동대문에 있는 작업장에 가서 며칠씩 일을 하고 돈을 마련했지만, 일거리가 많지 않아 집에 가져갈 형편이 되지 못했고 바보회 활동에 드는 비용조차 충당하기 어려웠다.

전태일은 그와 같은 상황 속에서도 평화시장 노동자들의

참상을 알리려고 나섰다. 8~9월경 한 바짓집에서 닷새 동안 일해주고 받은 임금으로 노동 실태조사용 설문지를 마련해 평화시장에서 일하는 노동자들에게 돌렸다. 그리고 30여 명 으로부터 받은 설문지들을 집계하고 분석해 서울시청 근로 감독관실로 찾아갔다. 자신이 조사한 결과를 제시하면 근로 감독관이 업주들에게 시정조치를 내려줄 것이라고 기대한 것이다. 그렇지만 근로감독관은 전태일이 전하는 평화시장 의 참혹한 얘기를 다 듣고도 귀찮아하는 표정을 지을 뿐이 었다. 전태일은 최소한의 관심도 보이지 않는 근로감독관의 태도에 큰 충격을 받았다. 전태일은 마음을 다잡고 다시 노 동청을 찾아가 진정해보았다. 결과는 마찬가지였다. 실태조 사가 한 번 나오기는 했지만 아무런 조치가 없었다.

전태일은 이 일을 계기로 자신이 처한 현실을 비로소 깨닫 게 되었다. 노동자들을 희생시키는 사업주에 맞서면 될 줄 알았는데, 다시 말해 근로감독관이나 노동청 같은 정부 기 관이 노동자의 편에 서서 사업주를 처벌해줄 것으로 믿었는 데, 현실은 그렇지 않음을 깨달은 것이다. 그리하여 전태일 은 자신이 싸워야 할 상대가 사업주뿐만 아니라 근로감독 관, 노동청, 그리고 그 이상이라고 생각하니 절망할 수밖에 없었다.

전태일은 거대한 현실의 벽과 싸워서 이길 방법이 떠오르 지 않았지만, 포기할 수도 없었다. 그리하여 1970년 4월경 임마뉴엘 수도원에 들어갔다. 실직자로서의 불안감, 가족에 대한 죄책감, 바보회 활동의 중단, 거대한 벽에 대한 절망감 등에 짓눌린 생활을 견딜 수 없어 임마뉴엘 수도원의 원장을 알고 있는 어머니에게 부탁해 들어간 것이다.

임마뉴엘 수도원은 삼각산의 기슭에 있는 작은 기도원이었는데, 마침 그곳 교회가 신축공사를 진행하고 있어 전태일은 인부 노릇을 하며 밥을 얻어먹었다. 전태일은 누구보다 열심히 일하면서 틈틈이 근로기준법 책을 읽었다. 그리고 결단을 준비했다. 그의 결단이란 자신의 목숨을 거는 일이어서 많은 갈등과 번민이 들 수밖에 없었는데, 전태일은 소설을 쓰면서 마음을 다잡아나갔다. 1970년 8월 9일 전태일은 마침내 결단을 내렸고, 소설 쓰기도 멈추었다.

1970년 9월 전태일은 임마뉴엘 수도원에서 평화시장으로 돌아왔다. 재단사를 구하는 작업장이 있어 취직도 했다. 해고당한 지 1년이 넘었던 때이므로 전태일에 대한 업주들 사이의 소문이 어느 정도 가라앉았기 때문에 가능했다. 취업 문제를 해결한 전태일은 바보회라는 이름을 평화시장, 동화시장, 통일상가의 세 건물(三棟)을 가리키는 삼동침목회로 바꾸고 활동을 재개했다. 이전보다 면모를 일신했을 뿐 아니라 투쟁의 결의를 더욱 다졌다. 그리하여 평화시장 일대의 노동자들에게 노동조건 실태조사용 설문지를 돌려 126매나 회수했고, 노동청에 낼 진정서에도 90여 명의 노동자로부터 서명을 받았다.

이러한 과정에서 전태일은 또다시 해고당했다. 그렇지만 좌절하거나 포기하지 않고 일을 추진해 평화시장 노동자들의 근로조건 진정서를 노동청에 제출했다. 그리고 다음 날인 1970년 10월 7일 『경향신문』에 평화시장의 참상을 알리는 내용이 실리게 되었다. 사업주들은 물론 대통령선거가 7개월

남짓 남은 시점이어서 노동청은 당황했다. 그리하여 회유책으로 전태일에게 근로조건 개선을 약속했다. 전태일과 삼동회 회원들은 믿고 기다렸지만, 상황은 바뀌지 않았다. 전태일과 삼동회 회원들은 노동청에 대한 국회의 국정감사 예정일인 10월 20일 노동청 앞에서 집회를 갖기로 정했다. 이 계획을 눈치챈 근로감독관이 요구조건을 다 들어줄 것이라며 집회 중지를 요청해 전태일과 삼동회 회원들은 다시 기다렸다. 그렇지만 국정감사가 끝나자 근로감독관은 태도를 바꾸었다. 전태일과 삼동회 회원들은 격분해 10월 24일 오후 1시 평화시장의 국민은행 앞길에서 집회를 갖기로 결의했다. 이번에는 형사까지 동원되어 11월 7일까지 개선해주겠다고 약속했다. 전태일과 삼동회 회원들은 또다시 믿었지만, 약속은 끝내 지켜지지 않았다. 그리하여 11월 13일 근로기준법 화형식을 갖기로 했다. 전태일은 1시 30분경 불타는 몸으로 "근로기준법을 준수하라" 등을 외쳤다. 자신이 소설을 쓰면서 내렸던 완전에 가까운 결단을 마침내 수행한 것이다. 1

(맹문재)

---

1 안재성 외, 『아, 전태일』, 목선재, 2020, 171~200쪽에서 발췌 및 요약함.

강성남　1967년 경북 안동에서 태어나 2018년 「방아쇠수지증후군」으로 제26회 전태일문학상을 수상하며 작품 활동을 시작했다.

공광규　1986년 『동서문학』으로 작품 활동을 시작했다. 시집으로 『담장을 허물다』 『금강산』 등이 있다.

권미강　충남 서천 한산에서 태어나 1989년 동인지 『시나라』에 「백마의 안개」 외 1편을 발표하며 작품 활동을 시작했다. 2011년 「유년의 장날」로 『시와 에세이』 신인상을 수상했다. 공저로 『예술밥 먹는 사람들』 시집으로 『소리다방』이 있다.

권서각　본명 권석창. 1977년 『조선일보』 신춘문예에 시가 당선되어 작품 활동을 시작했다. 시집으로 『눈물반응』 『쥐뿔의 노래』 『노을의 시』 등이, 산문집으로 『그르이 우에니껴?』 『대장장이 성자』 등이 있다.

권위상　2012년 『시에』로 작품 활동을 시작했다.

권지영　2015년 『리토피아』로 작품 활동을 시작했다. 시집으로 『붉은 재즈가 퍼지는 시간』 『누군가 두고 간 슬픔』 등이 있다.

김미선　1956년 밀양에서 태어나 1994년 『동서문학』 신인상으로 작품 활동을 시작했다. 소설집으로 『눈이 내리네』 『버스 드라이버』 시집으로 『너도꽃나무』 등이 있다.

김요아킴 1969년 경남 마산에서 태어나 2003년 『시의나라』와 2010년 『문학청춘』으로 작품 활동을 시작했다. 시집으로 『왼손잡이 투수』『행복한 목욕탕』『그녀의 시모노세끼항』『공중부양사』 등이 있다. 현재 부산 경원고 교사.

김용아 1988년 5월문학상을 수상하였고, 2017년 『월간 시』로 작품 활동을 시작했다. 시집으로 『헬리패드에 서서』가 있다. 현재 폐광지인 영월에서 지역아동센터 교사로 활동하고 있다.

김윤환 1963년 경북 안동에서 태어나 1989년 『실천문학』으로 작품 활동을 시작했다. 시집으로 『그릇에 대한 기억』『이름의 풍장』 등이 있다.

김이하 1959년 전북 진안에서 태어나 1989년 작품 활동을 시작했다. 시집으로 『내 가슴에서 날아간 UFO』『타박타박』『춘정, 火』 『눈물에 금이 갔다』『그냥, 그래』가 있다.

김정원 전남 담양에서 태어나 2006년 『애지』로 작품 활동을 시작했다. 시집으로 『꽃은 바람에 흔들리며 핀다』『줄탁』『거룩한 바보』『환대』『국수는 내가 살게』『마음에 새긴 비문』 등이 있다. 한빛고 교사.

김종숙 2007년 『사람의 깊이』로 작품 활동을 시작했다. 시집으로 『동백꽃 편지』가 있다. 현재 한국작가회의 회원, 민족문학연구회 회원으로 활동하고 있다.

김창규 1954년 충북 보은 법주라에서 태어나 1984년 『분단시대』, 1985년 창비 신작 시집에 5편의 시를 발표하면서 작품 활동을 시작했다. 시집으로 『푸른 벌판』 『그대 진달래꽃 가슴속 깊이 물들면』 『슬픔을 감추고』 『촛불을 든 아들에게』 등이 있다. 목회 활동을 하고 있다.

김희정 2002년 『충청일보』 신춘문예로 작품 활동을 시작했다. 시집으로 『백년이 지나도 소리는 여전하다』 『아고라』 『아들아, 딸아 아빠는 말이야』 『유목의 피』 『시(詩)서(書)화(畵)는 한 몸』 『몸의 이름들』 등이 있다.

박관서 1996년 『삶 사회 그리고 문학』에 신인 추천을 받으며 작품 활동을 시작했다. 제7회 윤상원문학상을 수상했다. 시집으로 『철도원 일기』 『기차 아래 사랑법』이 있다.

박설희 2003년 『실천문학』으로 작품 활동을 시작했다. 시집으로 『쪽문으로 드나드는 구름』 『꽃은 바퀴다』가 있다.

박원희 1963년 청주에서 태어나 1995년 『한민족문학』으로 작품 활동을 시작했다. 시집으로 『나를 떠나면 그대가 보인다』 『아버지의 귀』 『몸짓』이 있다.

서안나 1990년 『문학과 비평』으로 작품 활동을 시작했다. 시집으로 『푸른 수첩을 찢다』 『플롯 속의 그녀들』 『립스틱발달사』, 동시집으로 『엄마는 외계인』 등이 있다.

성향숙   2008년 『시와반시』로 작품 활동을 시작했다. 시집으로 『엄마, 엄마들』 『염소가 아니어서 다행이야』가 있다.

송경동   1967년 전남 벌교에서 태어나 2001년 『내일을 여는 작가』와 『실천문학』으로 작품 활동을 시작했다. 시집으로 『꿀잠』 『사소한 물음들에 답함』 『나는 한국인이 아니다』 등이 있다.

여국현   1967년 강원 영월에서 태어나 2018년 『푸른사상』으로 작품 활동을 시작했다. 시집으로 『새벽에 깨어』가 있다. 현재 중앙대 · 방송대 강사.

윤석홍   충남 공주에서 태어나 『분단시대』로 작품 활동을 시작했다. 시집으로 『저무는 산은 아름답다』 『경주 남산에 가면 신라가 보인다』 『밥값은 했는가』 등이 있다.

윤중목   1989년 제2회 전태일문학상을 수상하며 작품 활동을 시작했다. 시집으로 『밥격』, 영화평론집으로 『지슬에서 청야까지』 등이 있다. 현재 문화법인 목선재 대표.

이명윤   1968년 통영에서 태어나 2006년 『시안』으로 작품 활동을 시작했다. 시집으로 『수화기 속의 여자』 『수제비 먹으러 가자는 말』 등이 있다. 현재 통영시청 근무.

이상인   1961년 전남 담양에서 태어나 1992년 『한국문학』으로 작품 활동을 시작했다. 시집으로 『해변주점』 『연둣빛 치어들』 『UFO 소나무』 『툭, 건드려주었다』 『그 눈물이 달을 키운다』가 있다. 현재 순천작가회의 회장.

이승철 1958년 전남 함평에서 태어나 1983년 『민의』로 작품 활동을 시작했다. 시집으로 『총알택시 안에서의 명상』 『오월』 『그 남자는 무엇으로 사는가』 등이 있다.

이영숙 1956년 강원도 철원에서 태어나 1991년 『문학예술』에 시, 2017년 『시와 세계』에 평론을 발표하며 작품 활동을 시작했다. 시집으로 『詩와 호박씨』 『히스테리 미스터리』가 있다. 현재 추계예술대 강사.

이창윤 서울에서 태어났다. 시집으로 『놓치다가 돌아서다가』가 있다.

이태정 제20회 전태일문학상을 수상하여 작품 활동을 시작했다.

장우원 2015년 『시와문화』로 작품 활동을 시작했다. 시집으로 『나는 왜 천연기념물이 아닌가』 『바람 불다 지친 봄날』이 있다.

전비담 2013년 최치원신인문학상 수상으로 『시산맥』에서 작품 활동을 시작했다.

전선용 시집으로 『뭔 말인지 알제』 『지금, 환승 중입니다』가 있다.

정세훈 1955년 충남 홍성에서 태어나 1989년 『노동해방문학』과 1990년 『창작과 비평』으로 작품 활동을 시작했다. 시집으로 『맑은 하늘을 보면』 『부평 4공단 여공』 『몸의 중심』 등이, 시화집으로 『우리가 이 세상 꽃이 되어도』, 동시집으로 『공단 마을 아이들』 등이 있다. 현재 노동문학관 관장.

정연홍 1967년 통영에서 태어나 2005년 『시와시학』으로 작품 활동을 시작했다. 시집으로 『세상을 박음질하다』 『코르크 왕국』이 있다.

정원도 1959년 대구에서 태어나 1985년『시인』지로 작품 활동을 시
작했다. 시집으로『그리운 흙』『귀뚜라미 생포 작전』『마부』가
있다.

조미희 2015년『시인수첩』으로 작품 활동을 시작했다. 시집으로『자
칭 씨의 오지 입문기』가 있다.

조 원 2009년『부산일보』신춘문예로 작품 활동을 시작했다. 시집
으로『슬픈 레미콘』이 있다.

주영국 전남 신안 어의도에서 태어나 2004년 제13회 전태일문학상과
2005년『시와 정신』으로 작품 활동을 시작했다. 시집으로『새
점을 치는 저녁』이 있다. 현재 광주전남작가회의 사무처장.

차옥혜 1984년『한국문학』으로 작품 활동을 시작했다. 시집으로『깊
고 먼 그 이름』『숲 거울』『씨앗의 노래』등이 있다.

채상근 1962년 춘천에서 태어나 1985년『시인』으로 작품 활동을 시
작했다. 시집으로『다음 열차를 기다리는 사람들』『거기 서 있
는 사람 누구요』『사람이나 꽃이나』가 있다.

최기순 1952년 경기 이천에서 태어나 2001년『실천문학』으로 작품
활동을 시작했다. 시집으로『음표들의 집』『흰 말채나무의 시
간』이 있다.

최종천 1986년『세계의 문학』, 1988년『현대시학』으로 작품 활동을 시
작했다. 시집으로『눈물은 푸르다』『나의 밥그릇이 빛난다』『고
양이의 마술』『인생은 짧고 기계는 영원하다』가 있다.

표성배 경남 의령에서 태어나 1995년 제6회 마창노련문학상을 받으며 작품 활동을 시작했다. 시집으로 『자갈자갈』 『내일은 희망이 아니다』 『은근히 즐거운』 『공장은 안녕하다』 등이 있다.

황주경 경북 영천에서 태어나 2012년 『문학과 창작』으로 작품 활동을 시작했다. 시집으로 『장생포에서』가 있다. 현재 울산광역시 연설보도기획비서관.

전태일은 살아 있다